Una encantadora e interesante historia con una hermosa moraleja. Es un cuento corto sobre peces lindos y amables descubriendo el interesante mundo submarino.

Aquí aprenderás sobre peces de todos los tamaños. Una historia corta para antes de dormir para niños. Disfruta tu lectura.

Aventuras de una pececita.

EN BUSCA DE UN AMIGO

By Anna Smith

Illustrated by Matviienko V.
Editor by Kushnir V.

En un océano muy azul y hermoso, vivía una simpática pececita llamada Lillu. Lillu no entendía por qué era tan pequeña, por qué estaba tan sola, y por qué no había ningún otro pez cerca de ella para ser su amigo.

Pasaron los días y Lillu se entristeció y comenzó a esperar que algún amigo, igual de pequeño y solitario que ella, flotara cerca de su casa, pero nadie vino.

Por esto, decidió hacer un largo viaje para encontrar un amigo.

Tan pronto como Lillu abandonó su hogar, vio un pez muy, muy divertido que se parecía a un pequeño caballo.

—¿Quién eres tú? —preguntó Lillu—. ¿Cuál es tu nombre? ¡Pareces un caballito!

—Me llamo Toby, y soy un caballito de mar —respondió el divertido pez—. Mi cuerpo se parece a la cabeza de un caballo. Por esta razón, me llaman "caballito de mar". Soy un pez muy hermoso y muy amistoso. ¿Quién eres tú, y adónde vas?

—Mi nombre es Lillu, y sólo soy una pececita. Estoy muy sola, y estoy buscando un amigo. ¿Sabes dónde puedo encontrar uno?

—No, no lo sé, pero puedo ayudarte a encontrar amigos.

—¿Cómo?

—Nada conmigo.

Lillu y Toby iniciaron un viaje juntos.

—Oh, eres muy graciosa.

—No soy graciosa. Soy Mia, la tortuga marina, y en mi espalda está mi casa, y yo vivo en ella.

—¿Y no es difícil para ti llevar tu casa a todas partes?

—Por supuesto que no. Me siento muy bien y es muy acogedora. Es muy firme, y no tengo miedo de nadie ahí.

—¿Nos dejarás entrar?

—Lo siento, pero mi casa es sólo para mí. No hay lugar para otros en ella.

—¿Incluso para los amigos?

—No tengo amigos.

—Yo tampoco tengo amigos. Estoy nadando con Toby para encontrar algunos. ¿Podemos nadar juntos?

Y los tres nadaron para buscar amigos para Lillu.

Nadaron y se alegraron de que el viaje fuera alegre y no tan aterrador.

—Soy Mollie, el gran tiburón azul. Soy grande y muy amable.
No les comeré. No tengan miedo.
—Mollie, estamos nadando para encontrar amigos para Lillu.
¿Sabes dónde pueden vivir?

—No, no lo sé, pero tengan cuidado. Hay otros tiburones aquí. No son tan amables y pueden comerlos. Yo puedo protegerles de ellos.

Podemos nadar juntos para encontrar amigos para la pececita.

—Y los cuatro se fueron juntos en el viaje. Jugaron y cantaron canciones, y fue todo muy divertido.

— Mi nombre es Boa, y soy una ballena azul. Soy el más animal grande del océano, pero no tengan miedo de mí.
Soy terrible buscando, pero mi corazón es muy amable. Amo y ayudo a todos.

—Entonces, ayúdanos. Dime, ¿dónde viven los amigos de Lillu? Está muy sola.

—¿Sola? ¿Acaso no se divierten juntos ustedes cuatro? ¿No se han hecho ya amigos?

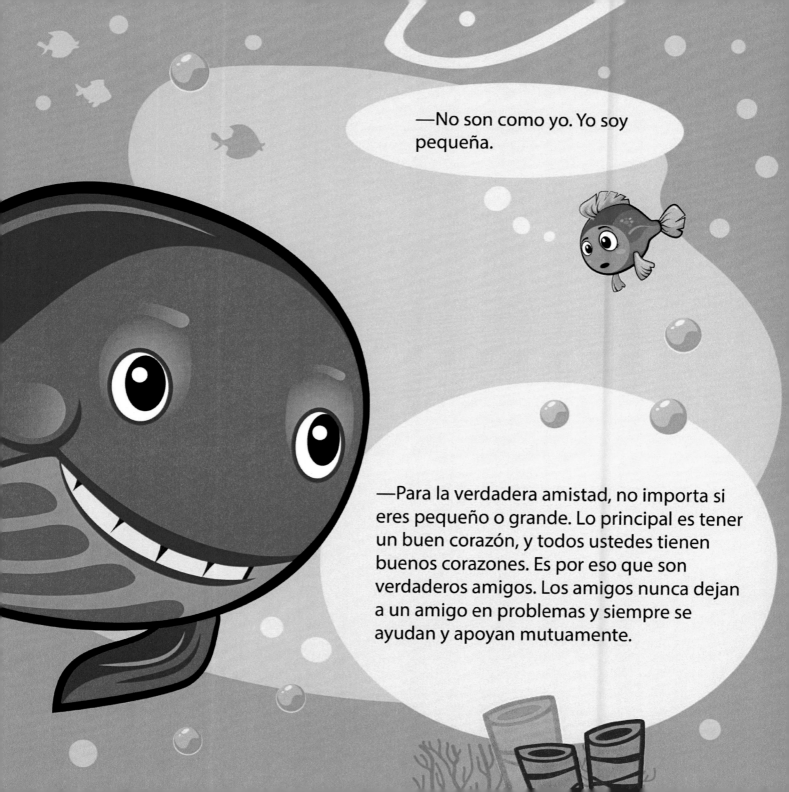

—No son como yo. Yo soy pequeña.

—Para la verdadera amistad, no importa si eres pequeño o grande. Lo principal es tener un buen corazón, y todos ustedes tienen buenos corazones. Es por eso que son verdaderos amigos. Los amigos nunca dejan a un amigo en problemas y siempre se ayudan y apoyan mutuamente.

—Gracias, gracias, Boa. Ahora me doy cuenta de quiénes son mis verdaderos amigos. Siempre estuvieron conmigo, mis amigos, mis amables y leales amigos. Ahora no estaré sola.

—¿Significa esto que yo tampoco estaré sola?
—dijo Mia
—Y tampoco yo —añadió Toby.
—Y yo.

—Sí. Sí. Ahora somos todos amigos. Nos ayudaremos y nos apoyaremos mutuamente.

Y el alegre y amistoso grupo volvió a su casa.

Y así termina esta fascinante historia de nuestra tierna pececita, Lillu.

Este día aprendió muchas cosas y estuvo muy feliz.

Encuentra las 10 diferencias

Encuentra las 10 diferencias

Libro para colorear en blanco y negro.

Libro para colorear

Libro para colorear

Libro para colorear

Libro para colorear

Libro para colorear

Libro para colorear

Made in the USA
San Bernardino, CA
29 May 2018

77817856R00024